Un Rossignol à l'opéra

Les éditions de la courte échelle inc.
160, rue Saint-Viateur Est, bureau 404
Montréal (Québec) H2T 1A8
www.courteechelle.com

Révision : Thérèse Béliveau

Dépôt légal, 4e trimestre 2013
Bibliothèque nationale du Québec

La courte échelle reconnaît l'aide financière du gouvernement du Canada par l'entremise du Fonds du livre du Canada pour ses activités d'édition. La courte échelle est aussi inscrite au programme de subvention globale du Conseil des arts du Canada et reçoit l'appui du gouvernement du Québec par l'intermédiaire de la SODEC.

La courte échelle bénéficie également du Programme de crédit d'impôt pour l'édition de livres — Gestion SODEC — du gouvernement du Québec.

Catalogage avant publication de Bibliothèque et Archives nationales du Québec et Bibliothèque et Archives Canada

Rondeau, Sophie,
Adrien Rossignol
(Premier roman ; PR 170)
Sommaire : t. 2. Un Rossignol à l'opéra.
Pour enfants de 8 ans et plus.
ISBN 978-2-89695-244-1 (v. 2)
I. Castanié, Julien, 1983- . II. Titre. II. Titre:. Un Rossignol à l'opéra. III. Collection : Premier roman ; PR 170.

PS8635.O52A65 2013   jC843'.6   C2012-941929-X
PS9635.O52A65 2013

Imprimé au Canada

Adrien Rossignol

2
Un Rossignol à l'opéra

Texte de
Sophie Rondeau

Illustrations de
Julien Castanié

la courte échelle

À Marie et Zoé
S. R.

À Emma
J. C.

Chapitre 1

Tutti Frutti

— Tu aurais pu repasser ton veston, Adrien, chuchote Delphine Rossignol.

Adrien et sa sœur assistent à la première de l'opéra *Tutti Frutti*. Delphine est cantatrice et elle a souvent des billets gratuits pour des spectacles.

Ce soir, c'est la diva Eugénie Lavoie, une de ses amies, qui tient le premier rôle. Dans cette œuvre musicale, Eugénie incarne une jeune fille du nom de Clémentine qui tente de retrouver son amoureux porté disparu en mer. Le personnage se déplace dans différents lieux et fait des rencontres toutes plus colorées les unes que les autres.

Adrien termine à peine une enquête. Il n'a pu se changer avant la représentation et il le regrette un peu.

Autour de lui, les autres spectateurs sont sur leur trente et un. Les hommes portent presque tous des smokings noirs, alors que les femmes, en robes du soir, sont parées de bijoux scintillants.

Delphine est magnifique avec sa longue robe rouge décolletée et ses pendants d'oreilles en diamants. Elle a vraiment l'allure d'une grande dame.

Adrien, lui, a gardé son veston de velours côtelé bleu un peu fripé. Il n'a pas eu le temps de laisser au vestiaire son éternel manteau de laine gris tout usé et son foulard rouge.

D'abord tamisées, les lumières s'éteignent doucement. Le public se tait, attentif, parce que le spectacle va débuter. L'orchestre, dissimulé à l'avant de la scène, commence à jouer une musique entraînante. Le rideau se lève sur un grand bal. Des couples valsent, d'autres discutent.

C'est alors qu'Eugénie Lavoie entre en trombe sur scène, complètement essoufflée. Sa somptueuse robe de velours vert est mal boutonnée. Les autres acteurs lui jettent des coups d'œil embarrassés. La diva entonne un chant. Elle fausse un peu.

Delphine se redresse sur son siège et agrippe le bras de son frère.

Eugénie Lavoie réussit à se rattraper, mais le mal est fait. Dans les gradins, les spectateurs chuchotent entre eux.

Au troisième acte, il y a un changement de costumes. Même s'il n'est pas expert en mode, Adrien a l'impression que la robe de la vedette n'est pas assortie aux vêtements des trois autres artistes. Ceux-ci portent des habits sombres, car la scène relate des funérailles, alors que la cantatrice est vêtue d'une robe rose trop courte à laquelle sont suspendues des bananes, des pommes, des fraises et des grappes de raisins. Il y a vraiment un problème : sa tenue est beaucoup trop festive.

Le détective observe sa sœur du coin de l'œil. Elle secoue la tête en ouvrant très grand les yeux, stupéfaite.

À la fin de la représentation, l'assistance applaudit poliment. Sur scène, les artistes semblent déçus, avec raison. La représentation n'a pas été un franc succès.

Delphine tire son frère par la manche.

— Allons voir Eugénie. Elle doit être dans une colère noire !

Adrien suit sa sœur dans les dédales des coulisses. Tous les acteurs et les musiciens qu'ils croisent ont la mine un peu déconfite. Le spectacle est loin de s'être déroulé tel qu'ils le souhaitaient…

En arrivant devant la loge de la cantatrice, Adrien y entend des éclats de voix. Delphine cogne doucement à la porte. Un grand homme barbu leur ouvre. Lorsque Delphine se présente comme une amie d'Eugénie, celui-ci s'efface pour laisser entrer les deux visiteurs.

La loge de la cantatrice est assez spacieuse. Un immense miroir entouré de dizaines d'ampoules électriques est accroché au mur. Juste en dessous trône une table envahie de produits de maquillage et de bouts de papier de toutes sortes. Un haut paravent fleuri se dresse dans le fond de la pièce.

Comme Delphine le craignait, Eugénie est très fâchée.

— Delphine ! Tu as vu ce qui s'est passé ? On a voulu saboter la première ! Je suis révoltée ! crie-t-elle en s'agitant, faisant ainsi bouger les fruits accrochés à sa robe.

La sœur d'Adrien s'approche et prend son amie dans ses bras pour la calmer. Après quelques instants, Eugénie se détache. L'homme qui a ouvert à Delphine et Adrien tend un mouchoir de tissu brodé à la

cantatrice pour qu'elle éponge ses yeux mouillés. Puis il sort discrètement de la pièce.

— Qu'est-il arrivé, madame ? demande le détective, curieux.

— Quelqu'un a mis toutes mes robes en désordre. Habituellement, elles sont bien rangées et je les enfile rapidement lorsqu'il y a un changement de costume… Mais ce soir, mes robes étaient interverties. On a voulu salir ma réputation, déclare Eugénie Lavoie en essuyant sa joue.

Delphine lui met la main sur l'épaule en signe de compassion.

— À ta place, je serais sûrement dans le même état que toi, mon amie…

Adrien et sa sœur échangent un regard entendu.

— Eugénie, je ne t'ai pas présenté mon frère Adrien. C'est le meilleur détective de Grand-Héron.

Eugénie examine Adrien et sourcille devant son allure un peu débraillée.

— Je crois qu'il pourrait te venir en aide… poursuit Delphine.

— Madame Lavoie, voudriez-vous que je mène une enquête pour découvrir ce qui s'est réellement passé ?

Il faut quelques secondes à la cantatrice pour enregistrer l'offre d'Adrien. Elle paraît d'abord surprise, puis elle pousse un soupir de soulagement en fermant les yeux.

— Oh ! Vous êtes un amour ! s'exclame-t-elle d'une voix empreinte de gratitude. Et elle serre le détective si fort dans ses bras qu'il manque d'en perdre le souffle.

Chapitre 2

Monsieur Jabot

Adrien sort son calepin de cuir noir et commence à prendre des notes. Voyant que son frère est déjà au travail, Delphine en profite pour rentrer chez elle.

Pendant que la chanteuse se change derrière le paravent, le détective s'entretient avec son habilleur personnel, monsieur Jabot. C'est l'homme à la haute stature qui leur a ouvert la porte un peu plus tôt. Il semble être extrêmement timide et il flatte souvent sa barbe avec nervosité.

— Où se trouve le support à costumes ? demande Adrien.

— Il est dans le couloir, vis-à-vis la loge de madame. Nous ne pouvons pas mettre les costumes ici, car un dégât d'eau est survenu dans cette pièce il y a quelques semaines. Comme vous pouvez le constater, les travaux ne sont pas encore terminés.

Adrien lève la tête et remarque qu'effectivement quelques tuiles du plafond manquent, laissant voir la tuyauterie.

— À part vous, quelqu'un d'autre a-t-il touché aux costumes de madame Lavoie avant ou pendant le spectacle ? demande Adrien.

— Personne sauf moi n'est autorisé à toucher aux

costumes de madame. Les loges des autres chanteurs sont au début du couloir, alors il y a peu de va-et-vient dans ce secteur-ci.

— Avez-vous quitté votre poste pendant le spectacle ?

— Jamais ! s'emporte monsieur Jabot, outré.

Eugénie revient. Elle a troqué son costume de scène contre un pantalon ample, une blouse rose en tissu léger et une veste de gros tricot noir dans laquelle elle s'enveloppe. La cantatrice, qui ne ressemble plus du tout à une diva, donne sa robe à son habilleur et, avec un air doux, le regarde s'éloigner.

« Ses immenses yeux verts sont beaucoup plus beaux quand ils ne sont pas embués de larmes », songe le détective.

— Monsieur Jabot est à mon service depuis peu de temps. Il a remplacé au pied levé mon habilleuse habituelle, qui s'est blessée il y a quelques jours. Il débute, mais il prend son travail à cœur. Toute cette histoire l'énerve autant que moi.

Eugénie s'assoit sur une large chaise en cuir, face à l'imposant miroir. Elle remonte ses longs cheveux roux en chignon et entreprend de se démaquiller. Adrien la questionne afin de savoir si elle a des ennemis connus. La chanteuse interrompt son geste pour mieux réfléchir.

— Je ne vois vraiment pas. À moins que... Marius Baryton, qui fait aussi partie du spectacle, m'a courtisée pendant un temps. Il m'a envoyé des dizaines de lettres toutes plus enflammées  les unes que les autres. J'en ai sûrement encore une qui traîne par ici, dit-elle en

fouillant dans une pile d'enveloppes et de cartes qui s'entassent sur le comptoir devant elle. Tenez, voyez par vous-même.

Adrien déplie la feuille que lui tend Eugénie.

Eugénie, mon pinson enchanté,

Je viens d'apprendre que nous nous retrouverons, cette fois dans l'opéra Tutti Frutti. *Quelle merveilleuse nouvelle! Il me tarde tant d'être à tes côtés. Je te prouverai que je suis prêt à tout pour conquérir ton cœur. Désormais, plus rien ne nous séparera.*

À très bientôt, mon aimée,
Ton Marius

— Je ne l'ai jamais encouragé. Lors des premières répétitions de *Tutti Frutti*, je lui ai à nouveau clairement fait savoir que je n'étais pas intéressée. Deux fois plutôt qu'une.

J'ai peut-être été un peu rude avec lui. Depuis ce temps, il ne me parle plus.

Le détective fouille dans son manteau, en quête du programme du spectacle. Sa main en ressort pleine de bouts de pain séché. La chanteuse ne peut s'empêcher de sourire.

— C'est pour donner aux oiseaux, explique Adrien en rougissant.

Il cherche dans son autre poche et en tire le dépliant. Il le feuillette pour voir les photos des différents chanteurs de l'opéra.

— Nous y voici, dit-il en pointant un homme au visage sévère.

« Au cours de ces dernières années, Marius Baryton a ébloui la critique avec plusieurs interprétations marquantes. Dans *Tutti Frutti*, il joue le rôle de Lucio, un capitaine de paquebot qui vient en aide à Clémentine pour retrouver son amoureux disparu. »

Adrien ajoute le nom du chanteur dans son carnet noir. Il compte bien le rencontrer demain et lui poser quelques questions.

Il est tard et le détective doit prendre congé d'Eugénie. Robinson, son perroquet, doit sûrement s'impatienter à l'heure qu'il est. Lorsque Adrien n'y est pas, l'animal fait souvent des mauvais coups pour être certain que son maître ne l'oublie pas. Comme si Adrien pouvait perdre aussi facilement le souvenir de l'oiseau de sa vie !

MARIUS BARYTON

Chapitre 3

Mon pinson enchanté…

Le lendemain matin, Adrien Rossignol est de retour à la salle de spectacle. Les artistes répètent, alors il ne peut interroger Marius Baryton. Il en profite donc pour fouiller les coulisses en sifflant joyeusement. Il entend le son étouffé des vocalises et des instruments qu'on accorde.

Des boîtes sont amoncelées un peu partout dans le couloir. Adrien les soulève l'une après l'autre, inspecte le dessous des tables, l'arrière des décors. Il écarte les nombreux vêtements accrochés sur un grand portemanteau et aperçoit un petit garçon aux yeux moqueurs qui était caché derrière.

— Nom d'une chouette ! s'exclame le détective.

Le garçonnet se hisse sur la pointe des pieds pour mieux voir l'intrus qui l'a découvert. L'enfant a une belle chevelure rousse et de grands yeux pâles. Trois superbes foulards de soie sont enroulés autour de son cou.

Adrien écarquille les yeux de surprise et le garçon éclate d'un rire de clochette. En écho, un autre rire fuse derrière le détective.

Adrien pivote pour savoir d'où provient ce son et il voit une fillette s'enfuir. Elle est vêtue d'une robe bleu poudre digne d'une princesse de conte de fées, beaucoup trop grande pour elle.

Le petit garçon s'élance à sa suite en sautillant. Un de ses foulards se détache, virevolte dans les airs et atterrit doucement sur le sol.

Le détective le ramasse.

— Hé! crie-t-il, tu as échappé ton…

Mais il ne termine pas sa phrase, se souvenant que les chanteurs et l'orchestre répètent à proximité. Et après tout, le gamin est trop loin pour l'entendre.

Adrien Rossignol retourne à ses recherches, mais interrompt son mouvement. Ces enfants semblent aimer beaucoup se déguiser. Et s'ils avaient quelque chose à voir avec le mélange des costumes? Il se presse en direction des fuyards pour tenter de les rattraper. Les coquins ont une bonne avance sur lui et il n'a pas la moindre idée de l'endroit où ils sont allés se cacher.

Soudain, Adrien, qui regarde dans toutes les directions sauf devant lui, heurte un homme. Le détective tombe en arrière, mais parvient à se redresser au dernier moment. S'il n'a peut-être pas de bons réflexes, au moins il a de l'équilibre !

— Oh là là ! Veuillez m'excuser. Je ne regardais pas où j'allais.

— Monsieur ! Puis-je vous demander ce que vous faites ? Nous vous entendons siffler, déplacer des objets. Sachez que nous répétons. Vous nous dérangez ! lui dit le nouveau venu, qui semble fort mécontent.

« Tiens, voilà justement l'homme à qui je voulais parler », se dit Adrien Rossignol en reconnaissant Marius Baryton.

— Navré de vous avoir importuné, monsieur Baryton. Je suis Adrien Rossignol, détective. J'enquête pour savoir ce qui a pu se passer, hier soir, avec les costumes d'Eugénie Lavoie.

Le chanteur se radoucit.

— Hum… C'est une histoire vraiment curieuse, j'en conviens. On ne parle que de ça dans les journaux, ce matin. C'est fort décevant.

— Oui, surtout que vous avez tous travaillé d'arrache-pied. Je sais que ce genre de représentation se prépare des mois à l'avance.

Carnet de notes à la main, Adrien demande à l'artiste où il était au cours de la soirée de la veille.

— J'étais sur scène, voyons ! Vous pensez que c'est moi qui ai mélangé les costumes d'Eugénie ? Jamais je n'aurais fait une chose pareille !

— Veuillez m'excuser, monsieur, mais je dois considérer toutes les possibilités. Il y a peu de temps, madame Lavoie a repoussé vos avances, n'est-ce pas? Vous auriez pu vouloir vous venger...

L'homme prend un regard grave et met la main sur sa poitrine.

— Je vous jure sur mon honneur que jamais je ne nuirais à ma belle Eugénie. Je garde secrètement l'espoir qu'un jour elle veuille bien de moi. De toute manière, nos loges sont très éloignées. Je n'aurais pas eu le temps de faire le mauvais coup et de me changer. Je n'ai pas la chance d'avoir un habilleur personnel.

Marius Baryton semble très sincère et l'argument qu'il présente a du sens. Adrien ne croit pas que ce soit lui qui ait mélangé les costumes. Lorsqu'il demande au chanteur s'il a vu ou entendu quelque chose, celui-ci secoue la tête, l'air désolé.

— J'aurais tellement aimé pouvoir vous aider, mais je n'en ai aucune idée. Sur ce, je dois vous quitter pour poursuivre la répétition. Les autres doivent déjà m'attendre depuis un moment.

Pendant que le chanteur s'éloigne, Adrien Rossignol se gratte la tête avec son crayon. Il est embêté. Jusqu'à présent, il n'a encore découvert aucune piste susceptible de l'aider à comprendre cette histoire. Delphine a dit à Eugénie qu'il était le meilleur détective en ville, il ne veut surtout pas la décevoir. Il doit prouver à tous qu'il est capable de résoudre cette affaire.

Perdu dans ses pensées, Adrien entend soudain un rire au loin. Il se souvient alors des enfants qu'il a vus un peu plus tôt. Il serait sage de les interroger. Mais où sont-ils passés?

Chapitre 4

La cachette secrète

Adrien fouille tous les recoins des coulisses à la recherche des galopins. Il veille à ne pas faire de bruit pour ne pas déranger de nouveau les artistes sur scène. Malgré ses recherches attentives, il ne trouve nulle part la trace des petits comiques. Où peuvent-ils être ?

À quatre pattes, Adrien regarde derrière les pièces de décor appuyées au mur, lorsqu'on l'interpelle.

— Est-ce que vous cherchez quelque chose ? demande un homme qui passe justement par là.

Adrien se redresse et secoue son pantalon poussiéreux.

— En effet. J'ai croisé deux enfants un peu plus tôt, un garçon et une fille. Est-ce que vous sauriez où ils se cachent ? Je suis détective. J'enquête sur ce qui s'est passé hier soir et j'ai quelques questions à leur poser.

L'homme se met à rire. Son gros ventre s'agite de soubresauts.

— Ah ! Vous parlez sûrement de Théo et de Cathleen. Suivez-moi, je vais vous montrer la cachette de ces garnements.

Tout en longeant le corridor, l'homme, qui se présente comme étant monsieur Triolet, explique au détective qu'il est l'un des musiciens de l'orchestre.

— Je suis violoncelliste. Dans un opéra, il y a des chanteurs, mais il y a encore plus de musiciens. On ne les voit pas, toutefois, ils sont bien là, déclare-t-il fièrement.

— N'êtes-vous pas censé être en train de répéter ?

— Si, si, mais une corde de mon instru-
ment vient de casser, dit-il en la montrant à
Adrien. Je vais en chercher une nouvelle.

Les deux hommes arrivent devant une
porte close. Une pancarte en bois sur laquelle
on peut lire le mot « costumier » est vissée
au-dessus. Monsieur Triolet ouvre la porte
et actionne sans succès l'interrupteur.

— Je crois que l'ampoule est grillée,
déplore-t-il.

— Ce n'est pas si grave, je devrais pouvoir me débrouiller, répond Adrien.

Adrien entre et attend que ses yeux s'habituent à l'obscurité. La lumière du corridor éclaire faiblement la pièce. À première vue, le détective ne voit nulle âme qui bouge. Il avance de quelques pas dans la pièce surchargée, qui est beaucoup plus vaste qu'il ne l'avait cru au départ. Tout à coup, il perçoit le même rire mutin qu'il a entendu un peu plus tôt.

Adrien Rossignol se dirige vers le fond du costumier à travers les habits de clowns, les robes royales en velours foncé, les accessoires et les armes de toutes sortes, les costumes de fées, de lutins, de sirènes, de soldats et d'animaux de la jungle. Il prend bien garde de ne pas trébucher.

Une faible lumière jaillit par la porte entrouverte d'une immense penderie en bois. Le détective l'ouvre et découvre Théo et Cathleen assis confortablement sur des coussins multicolores. La fillette tient une lampe de poche d'une main et de l'autre un biscuit qu'elle engloutit d'une bouchée en voyant Adrien. Le détective remarque immédiatement que les deux enfants ont le visage barbouillé de chocolat.

— Ah zut ! Vous nous avez trouvés ! dit Théo avec une moue boudeuse.

— Oui, et ça n'a pas été facile. Je suis détective privé et j'aimerais vous poser quelques questions. Est-ce que vous voulez me suivre, s'il vous plaît ?

Les deux fripons quittent leur cachette à contrecœur. Lorsque Adrien ressort avec eux du costumier, le musicien sourit.

— Je vous avais dit que vous auriez des chances de les dénicher ici. C'est leur cachette préférée !

Voyant les enfants tout sales, monsieur Triolet soupire.

— Je comprends maintenant pourquoi vous vous cachiez… Vous ne changerez jamais ! J'ai une corde à remplacer. Soyez bien sages avec monsieur Rossignol, d'accord ?

L'espiègle Cathleen regarde le violoncelliste et lui fait une longue révérence, tandis que Théo lui adresse un salut militaire, le sourire fendu jusqu'aux oreilles.

Chapitre 5

Un air de famille

Le détective fait face à Théo et à Cathleen, dont les lèvres et les joues sont maculées de traces brunes. Il est un peu mal à l'aise. Les suspects qu'il interroge habituellement sont souvent des individus un peu louches ou étranges, mais rarement des enfants.

Il triture nerveusement son calepin de notes, comme s'il ne savait trop quoi en faire.

— Tout d'abord, parlez-moi de vos parents. Savent-ils que vous êtes ici ?

— Papa est en voyage, répond Théo en souriant.

— Et maman chante, ajoute Cathleen.

Adrien fronce les sourcils. Ferait-elle partie des artistes de l'opéra ?

— Qui est votre mère ? demande-t-il.

— C'est elle ! répondent en chœur les enfants en pointant la photo d'Eugénie Lavoie sur une affiche accrochée au mur.

Tout s'explique ! C'est vrai qu'ils ont un air de famille. Les trois ont une chevelure ondulée et de grands yeux très clairs.

Adrien leur demande s'ils étaient présents la veille, lors de la première du spectacle. Cathleen explique au détective qu'ils étaient dans la salle, en compagnie d'une tante, pour voir leur mère. « Intéressant, intéressant », se dit le détective en notant leurs noms dans son carnet de cuir noir.

— Vous semblez beaucoup aimer vous déguiser…

Les enfants acquiescent avec un large sourire.

— Est-ce qu'il vous arrive parfois de déplacer les robes de votre mère ?

— Cela leur est formellement interdit, interrompt Eugénie Lavoie qui arrive justement. Vous voilà enfin, vous deux ! Nous allons bientôt dîner... même si je constate que vous avez déjà mangé votre dessert.

Cathleen perd son sourire et essuie sa bouche avec la manche de sa grande robe. Eugénie se tourne vers Adrien.

— Leur père et moi sommes divorcés. Celui-ci est présentement en voyage d'affaires. C'est ma sœur qui a accompagné Théo et Cathleen hier soir, pour la première.

Elle ne les a pas quittés d'une semelle. Les enfants ont le droit de jouer avec les vieux costumes, mais il leur est strictement interdit de toucher à mes robes ou à mes accessoires de scène. De toute façon, je vous l'ai déjà dit, il n'y a que monsieur Jabot et moi qui puissions le faire.

Adrien se gratte la tête. Les enfants ont beau avoir l'air de petits coquins, ils ne sont pas les personnes qu'il recherche.

— Donc, vous n'avez pas touché aux costumes de votre mère ?

— Ça non, jamais ! Elle aurait été beaucoup trop fâchée ! s'exclame Théo. Maman nous laisse faire plusieurs choses ici, mais pas ça !

Eugénie regarde le détective et hoche la tête.

— Monsieur Rossignol, si vous nous cherchez, nous serons à la salle à manger des employés, au sous-sol.

Puis elle tape deux fois dans ses mains pour avoir l'attention de ses enfants.

— Bon, maintenant, allez vous laver. Vous êtes aussi sales que des cochons !

Sur ces mots, elle s'éloigne, suivie de Théo et de Cathleen qui s'amusent à imiter le grognement de cet animal.

— Groin ! Groin ! Groin !

Chapitre 6

Un tout petit trou...

Adrien s'assoit sur une grosse caisse de bois pour réfléchir. Il repense aux entretiens qu'il a eus avec la diva, l'habilleur, le chanteur, le violoncelliste, les enfants.

Plongé dans ses idées, il échappe son crayon. En se penchant pour le ramasser, il aperçoit un petit trou dans la caisse sur laquelle il est assis. Songeur, il observe attentivement cette ouverture et il y entre un doigt.

— Nom d'une chouette ! s'écrie-t-il. Je sais ce que je vais faire !

Adrien Rossignol se dépêche d'aller trouver Eugénie. Il s'approche d'elle et l'entraîne à l'extérieur de la pièce, à l'abri des oreilles indiscrètes. Une fois qu'ils sont seuls, Adrien lui fait part de son projet. La cantatrice l'écoute avec attention.

— Je crois que vous avez eu une très bonne idée, monsieur Rossignol.

— Merci, madame. J'espère que cela fonctionnera, car pour l'instant, je n'ai aucune piste sérieuse.

— Je vous fais confiance, monsieur Rossignol, le réconforte Eugénie en mettant la main sur son bras.

Adrien sourit timidement. Justement, il n'est pas rassuré. Son plan doit porter fruit, sinon il ne sait pas comment il réussira à trouver le coupable. Il décide de sortir pour dîner et d'aller nourrir les oiseaux au parc.

«Il n'y a rien de mieux pour se détendre», songe-t-il en poussant la porte du théâtre.

***

Adrien revient à la fin de l'après-midi. Ses inquiétudes se sont quelque peu estompées et il est confiant d'attraper le fautif.

Il s'assure qu'il est seul dans le couloir et pousse la caisse de bois, sur laquelle il s'est assis un peu plus tôt, près de la loge de la cantatrice. Il tourne la tête à droite et à gauche : personne en vue. Adrien soulève la boîte et se glisse dessous. Par le petit trou, il peut espionner une partie des coulisses et il a une vue sans pareille sur le support à costumes de la cantatrice.

Les coulisses s'animent. Les artistes se préparent pour la représentation qui va bientôt débuter.

Toujours caché, Adrien voit monsieur Jabot s'approcher et regarder les robes de la chanteuse d'opéra suspendues côte à côte : une rose, une orange, une brune et une verte. L'homme en prend une, hésite, la repose, puis en sort une deuxième. Adrien ne comprend pas… L'habilleur devrait pourtant savoir quelle robe la chanteuse doit porter !

À plus d'une reprise pendant le spectacle, le détective voit l'habilleur hésiter ou se tromper de robe…

— Ça y est ! J'ai compris, soupire enfin Adrien à la fin du deuxième acte.

Chapitre 7

La clé de l'énigme

Le rideau tombé, Adrien sort de sa cachette et s'étire. Ses jambes sont ankylosées. Il replace un peu ses vêtements et va rejoindre Eugénie Lavoie dans sa loge. Il voit monsieur Jabot qui tente de consoler la chanteuse en lui tapotant maladroitement l'épaule.

— Madame Lavoie, j'ai trouvé le coupable, lance Adrien.

L'habilleur pâlit et ses épaules s'affaissent.

— Monsieur Jabot, questionne Adrien Rossignol, quelle est la couleur de la robe que porte présentement madame Lavoie ?

La chanteuse fixe monsieur Jabot sans comprendre. L'habilleur ouvre la bouche et la referme.

— Vous êtes daltonien, n'est-ce pas ?

Monsieur Jabot hoche tristement la tête.

— Daltonien ? demande la chanteuse, étonnée.

— Et mon foulard, de quelle couleur est-il ? Vert, rouge, bleu ?

Monsieur Jabot hésite. Ses yeux se remplissent d'eau.

— Je ne sais pas… Pardon pour le mal que je vous ai fait, madame, dit-il, honteux. Je vous admire tant. Je ne voulais pas vous nuire. J'avais si envie de travailler avec vous que je n'ai pas osé vous dire que j'étais daltonien. Je suis terriblement désolé.

Eugénie Lavoie se lève et serre son habilleur dans ses bras.

— Je vous pardonne. Je sais que vous n'avez pas voulu mal faire. Je ne veux pas vous renvoyer. Nous trouverons une solution, vous verrez.

Monsieur Jabot reprend quelques couleurs. Adrien voit bien qu'il regrette amèrement d'avoir caché son anomalie à la cantatrice. Le détective aimerait beaucoup aider monsieur Jabot, qui est si dévoué à Eugénie. Que faire pour régler le problème ? Adrien réfléchit quelques secondes.

— Et si... Je crois que j'ai trouvé ! Pour ne plus vous tromper, vous pourriez écrire un numéro sur l'étiquette de chacune des robes, propose Adrien.

— Oh ! Quelle bonne idée ! s'exclame Eugénie.

Monsieur Jabot et Eugénie Lavoie s'empressent de mettre la proposition du détective à exécution. Eugénie indique le numéro que chaque robe doit porter et aide son habilleur à les disposer en ordre sur le support. La prochaine représentation de *Tutti Frutti* se fera assurément sans aucun accroc !

Une fois le travail terminé, monsieur Jabot salue le détective et sort pour apporter les costumes d'Eugénie à nettoyer.

Avant qu'Adrien quitte l'opéra, la cantatrice reste un moment seule avec lui devant sa loge. Les yeux de la diva semblent être illuminés d'un éclat nouveau.

— Quelle histoire ! Si vous saviez combien je suis soulagée que vous ayez résolu le mystère. Merci du fond du cœur, monsieur Rossignol !

Et sans qu'il s'y attende, Eugénie dépose un baiser sur la joue du détective. Adrien reste figé de surprise. La diva lui fait un dernier sourire et ferme doucement la porte.

— De… de rien, finit-il par bégayer, même si la cantatrice ne peut plus l'entendre.

Dans les coulisses, le détective est si distrait qu'il bute sur des morceaux de décor.

« Ressaisis-toi, mon vieux ! » se dit-il après avoir fait tomber un escabeau.

Une fois dehors, Adrien retrouve ses esprits. Il marche d'un pas léger en sifflotant. « Mais pourquoi tous les passants sourient-ils en me voyant ? » se demande-t-il.

Sur sa joue, les lèvres de la cantatrice ont laissé une jolie empreinte rosée... Mais Adrien l'ignore encore !

Table des matières

Sophie Rondeau

Sophie Rondeau est auteure, enseignante de français au secondaire et quatre fois maman. Depuis près de dix ans, elle a écrit plus d'une vingtaine d'ouvrages de toutes sortes : albums, romans pour enfants et adolescents et guides pratiques pour les parents. En 2010, son roman *Louka cent peurs* (Éditions Vents d'Ouest) a remporté le Grand Prix du livre de la Montérégie, catégorie Fiction jeunesse niveau primaire. La même année, cette œuvre figurait parmi les 250 meilleurs livres jeunesse sélectionnés par le White Raven s. Sophie adore faire des promenades en famille, lire des romans policiers et déguster de petits carrés de chocolat noir.

Julien Castanié

Julien Castanié est illustrateur dans le domaine de l'édition et de la presse. Il fait également de la bande dessinée. Diplômé en design graphique de l'école de l'image Gobelins à Paris, il a aussi étudié à l'École supérieure des arts décoratifs de Strasbourg. Il habite maintenant à Montréal. À la courte échelle, il a illustré l'album *1 minute*, de Pascale Beaudet.

Dans le prochain tome…

Becs et Truffes, l'animalerie de Léon Museau, a été cambriolée. Le voleur s'est emparé d'une jeune perruche, Béchamel, et l'a remplacée par une peluche tricotée ! Quel crime étrange… Adrien Rossignol mène l'enquête.

Dans la même série :

Adrien Rossignol, tome 1 :
Une enquête tirée par les cheveux

Achevé d'imprimer
en octobre deux mille treize, sur les presses
de l'imprimerie Gauvin, Gatineau, Québec